FEU

MONSIEUR LE DAUPHIN,

A LA NATION

EN DEÜIL DEPUIS SIX MOIS.

JUILLET.

A PARIS,

DE L'IMPRIMERIE DE MICHEL LAMBERT, au Collége de Bourgogne, rue des Cordeliers.

M. DCC. LXVI.

FEU

MONSIEUR LE DAUPHIN,

A LA NATION

EN DEÜIL DEPUIS SIX MOIS.

FRANCE, Rôſier du Monde, agréable Contrée,
Qui ne m'as, dans les tems, qu'à peine été montrée,
Amour des Nations, Sociables FRANÇOIS,
Peuple chéri du Ciel, & chériſſant vos Rois,
Egalement aimé de votre auguſte Maître,
Qui fit tout pour me rendre, un jour, digne de l'être,
Tandis que je tremblois, l'adorant comme Vous,
D'hériter d'un Pouvoir pour vous & moi ſi doux.
Chers Amis, Que ma voix touchante & fraternelle
Parvienne à vous du haût de la Voûte éternelle;
Et ne vous parlant plus que de félicité,
Après un Deüil ſi long, vous rende à la gaîté!

Des frivoles Honeurs regrètant peu les charmes,
Devois-je, en les perdant, vous coûter tant de larmes?
Nos désirs mutüels, nos réciproques vœux,
De part & d'autre, étoient que nous fûssions heureux;
Je le suis à jamais; & Vous du moins vous l'êtes
Autant que sur les Flots sujèts à des tempêtes,
Sous un Pilote actif, habile & vigilant,
Peut l'être, jusqu'au Port, le Passager tremblant.
Laîssez-là donc ce Deüil, Symbole des ténèbres,
Ces Catafalques vains, ces Tribunes funèbres,
Où l'Orateur a plus sa propre gloire à cœur,
Que celle du Mortel qu'il vante à l'Auditeur.
Chantez LOUIS vivant, Père de la Patrie,
Qui, de votre bonheur, fait celui de sa vie;
Roi, de ce Nom brillant, moins jaloux, moins charmé
Que du râre Surnom de votre Bien-Aimé.
D'un Fils respectueux, & d'un Sujèt fidèle,
Je ne fus, après tout, que le prémier Modèle,
Que l'Objèt éloigné d'un Espoir incertain;
Vous possédez l'Effet dans votre Souverain.

Joüissez donc, en Lui, du plus tendre des Pères,
A qui, comme son Sang, vos Familles sont chères,
Qui voudroit que l'Etat n'en fût qu'Une à jamais,
Où règnassent les Loix, l'Abondance & la Paix ;
Chantez en LOUIS QUINZE un autre LOUIS DOUZE.
Aimez son Sang, mes Sœurs, la Reine, & mon Epouze,
Veuve en qui je revis par les trois Nourrissons
Qu'HENRI, les trois LOUIS, Elle & Moi vous laîssons.
L'éxemple, le haût rang, les leçons, la naissance,
Dans les cœurs, quels qu'ils soient, ne sont pas sans puissance ;
Et, sur de tels garants, j'ose promètre en Eux
Des Elèves qu'un jour béniront vos Neveux.
Le Ciel qui m'est ouvert me promèt à moi-même
Qu'ils se ressouviendront de ce moment suprême,
Où, les yeux presque éteints, d'une mourante voix,
Je les redemandai, pour la dernière fois.

Je leur abandonnois la brillante espérance,
Qu'à leur Frère, & qu'à Moi, présenta l'aparence ;
Et, pour les rendre tels qu'ils sont à désirer,
Je crus, de mes avis, devoir les éclairer.

Ils vînrent arrôsés des larmes de leur Mère.
» Mes Enfans, c'en est fait : vous n'avez plus de Père ;
» Telles sont du Seigneur les saintes volontés ;
» Dérobez-moi vos pleurs, PRINCES, & m'écoutez :
» VOUS allez succéder aux grandeurs que je laîsse :
» Leur éclat nous relève, & souvent nous rabaisse ;
» Elles ont des devoirs, sans relâche, à remplir,
» Dont un seul oublié suffit pour avilir.
» En toute chose, aimez l'ordre & l'exactitude ;
» Faites vous en d'abord une douce habitude,
» Sûrs, en les pratiquant dans les moindres objèts,
» Dans les plus importans, de n'en manquer jamais.
» Religion, Police, Agriculture & Guerre,
» Pour avoir l'œil à tout, Dieu nous mit sur la Terre ;
» Pour vous initier au grand art de régir,
» Après m'avoir oüi, voyez LOUIS agir.
» Marchez comme j'ai fait, pas à pas, sur ses traces.
» Justice, fermeté, de tems en tems des grâces ;
» A des arrêts de mort, tout Cœur humain frémit ;
» Celui de *Néron* même autrefois en gémit.

» Indignes du pardon que Dieu ſans ceſſe acorde,
» Que ſeroit-ce de Nous, ſans ſa miſéricorde ?
» Ayant, dans notre état, à le repréſenter,
» Par un plus bel endroit, pouvons nous l'imiter ?
» Et ſi l'humanité, comme on voit, peut s'étendre
» Sur Ceux qui par les loix, n'ont plus droit d'y prétendre ;
» Combien plus ſe doit-elle au Mérite en oubli,
» Dans la triſte indigence & l'ombre enſeveli ?
» Ouvrez-lui des accès, ou qu'une bonté prompte
» Prévienne, s'il ſe peut, une honorable honte ;
» Vrai délice d'un cœur au-deſſus du commun ;
» Il n'eſt conditions qui n'en offrent plus d'un.
» Ce n'eſt pas, comme Exemple, à des Ames Royales,
» Que j'en dirois vingt traits gravés dans nos Annales ;
» Le Prince vertueux, & né pour dominer,
» N'eſt pas fait pour en prendre, il l'eſt pour en donner.
» Le ſeul digne de Vous, & que vous devez ſuivre,
» C'eſt celui du grand Roi ſous qui vous allez vivre,
» Et ſous qui ma prière, en ces derniers inſtans,
» Eſt qu'il plaiſe au Seigneur que vous viviez long-tems.

» Songez que ſa bonté, nous plaçant où nous ſommes,
» Non moins officieuſe envers les autres Hommes,
» Les doüa de talens, de clartés, de ſçavoir,
» Que, ſi parfait ſoit-on, ſeul, on ne peut avoir.
» Ce fut pour mieux sèrrer, entre Eux & Nous, la chaîne
» Qui doit, du Peuple au Prince, unir la Race humaine,
» Et nous faire ſentir que ſi, pour être heureux,
» Ils ont beſoin de Nous, nous avons beſoin d'Eux.
» Ainſi notre Pouvoir qu'on aime & qu'on révère,
» Ne peut trop s'apuyer d'un ſage Miniſtère;
» Ni ſe trop atacher ces Hommes éxçellens,
» Qui, d'un Emploi ſi vaſte, ont les râres talens.
» Sçachez donc démêler le faux du vrai mérite:
» Faites-en votre étude unique & favorite;
» Connoîſſez l'Homme à fond; & commencez par Vous;
» Se connoîſſant ſoi-même, on les connoîtra tous.
» Enfin ſouvenez-vous que ſouvent d'âge en âge
» Le Nom que nous laîſſons, d'un Miniſtre eſt l'ouvrage,
» *Auguſte*, grâce aux ſiens, eſt un prémier Trajan;
» Et *Tibère* eſt flétri des forfaits de Séjan.

» Choîsissez-en donc un, comme Vous, doux, affable,
» Plus occupé que fier de son Poste honorable,
» Juste, laborieux, & désintèressé;
» Et sous vos yeux, long-tems, après s'être éxerçé,
» Si vous ne voyez rien en Lui qui se démente,
» Faites-en votre Ami : que sa faveur augmente.
» Mon Père, en un des Siens, trouva ces qualités;
» Et, depuis quarante ans, le garde à ses côtés.
» Que la seule Vertu, la Vérité vous rie!
» Fuyez la Volupté, craignez la Flaterie;
» Pièges couverts de Fleurs, où chacun vous atend,
» Et que, de tous côtés, les prémiers on nous tend.
» Mes discours sont peut-être au-dessus de votre âge :
» De l'amour paternel, ils sont le dernier gage;
» Le filial amour vous les rappellera;
» Et ce que j'aurai dit, alors fructifiera.
» Votre Aîné qui m'apelle, atend que je le joigne :
» Adieu, mes Fils, adieu! ... Sortez! ... Qu'on les éloigne! »
Mon corps éxténüé se glaçant à ces mots,
Mon ame s'envola dans ces Lieux de repos,

Où, face à face, on voit ſans voîle & ſans nüage,
La haûte Majeſté dont mon Père eſt l'image,
Angélique, inéfable & céleſte ſéjour,
Où le retour des nuits n'interrompt plus le jour.

Là, près du Saint Monarque au ſang de qui la France
Doit celui des BOURBONS ſa dernière eſpérance,
J'unis mes vœux aux ſiens ; & s'ils ſont acomplis,
Vous la vèrrez renaître, & refleûrir les LYS ;
Ils ſe revêtiront d'une ſplendeur nouvelle,
La Vérité m'éclaîre, & je vous la révèle ;
Dieu, pour vous l'anoncer, de ma bouche a fait choix,
Ecoutez-le ! C'eſt lui qui parle par ma voix :
» PEUPLE ELÛ, béniſſez la terre où vous nâquites !
» Quand, la tirant des Eaux, j'eûs marqué ſes limites,
» Je dis aux vaſtes Mers : Venez, de ces deux parts,
» Lui porter vos tributs, & former deux remparts !
» A ces autres côtés, Montagnes, qu'on ſe pôſe !
» Fleûves, que votre cours y ſerpente, & l'arrôſe :
» Vents tempérés, chaſſez loin de ce double Bord,
» Vous, les feux du Midi ; Vous, les frimats du Nord.

» Plaînes, Forêts, Air pur, Mines, Guérets, Vignobles,
» Allégreſſe, Induſtrie, Ames franches & nobles,
» Sans peur d'invaſion, ſans beſoin d'envahir,
» Terre & Cieux, tout vous rit : vous n'avez qu'à joüir.
» Mais, comblé de mes dons, ſongez, en Peuple ſage,
» A les mériter mieux, par un meilleur uſage ;
» Parmi Vous, ſe répand une contagion
» Qui menace les mœurs & la Religion.
» Croyez, Penſez, Vivez comme ont fait vos Ancêtres !
» Fréquentez mes Autels ; reſpectez mes vrais Prêtres ;
» Du pain de ma Parole, & du ſens de ma Loi,
» Germeront dans vos cœurs la Morale & la Foi.
» Ecartez le Scandale ; & purgez vos Contrées
» Des Contempteurs de l'Ordre & des Choſes ſacrées,
» Eſprits perturbateurs, dont l'orgueil impuni
» Sémeroit, dans vos champs, l'ivraye à l'infini.
» La France, à la Molleſſe, au Luxe, à la Licence,
» Subſtitüant l'antique & pieuſe Innocence,
» Redevient le Jardin que je plantai jadis,
» Et du Globe Terreſtre, un ſecond Paradis.

» LeDémon de l'envie en frémira de rage,
» Osera, contre Vous, soûlever quelque orage,
» Et, du fond ténébreux des bâsses Régions,
» Vomira sur vos Bords ses noires Légions.
» Leurs fougues se vèrront dissiper en fumées :
» Vous combatrez sous Moi, sous le Dieu des Armées;
» Je ferai, sur leur Camp, descendre la Terreur,
» Et marcher, devant Vous, l'Ange éxterminateur.

VOUS l'avez entendu, CELUI dont la Sagesse
Ne fit jamais envain menace ni promesse;
Votre félicité, FRANÇOIS, est en vos mains:
Le doigt de l'Eternel en montre les chemins...
Puisse, de vos vertus, le retour désirable,
De Race en Race, Amis, la rendre aussi durable
Que celle où je repose, & dont j'espère, un jour,
Vous voir, de Père en Fils, joüir à votre tour.

Vû l'Approbation, permis d'imprimer ce 31 Août 1766, DE SARTINE.

www.ingramcontent.com/pod-product-compliance
Ingram Content Group UK Ltd.
Pitfield, Milton Keynes, MK11 3LW, UK
UKHW021151230726
13926UKWH00001B/31